Lee Aucoin, *Directora creativa*
Jamey Acosta, *Editora principal*
Heidi Fiedler, *Editora*
Producido y diseñado por
Denise Ryan & Associates
Ilustraciones © Samantha Paxton
Traducido por Santiago Ochoa
Rachelle Cracchiolo, *Editora comercial*

Teacher Created Materials

5301 Oceanus Drive
Huntington Beach, CA 92649-1030
http://www.tcmpub.com
ISBN: 978-1-4807-2988-9
© 2014 Teacher Created Materials
Printed in Malaysia
THU001.50393

Esta es mi historia

por Frederick V. Rana

Escrito por James Reid
Ilustrado por Samantha Paxton

Hola. Soy Frederick V. Rana.

La *V* de mi nombre viene de *Verde*, pero
yo le digo a todo el mundo que viene
de *Versátil*.

3

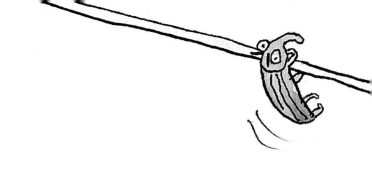

Soy la rana más extraordinaria de la selva.

Puedo saltar más lejos que cualquiera.

Puedo croar más fuerte que cualquiera.

Puedo atrapar moscas más rápido que cualquiera.

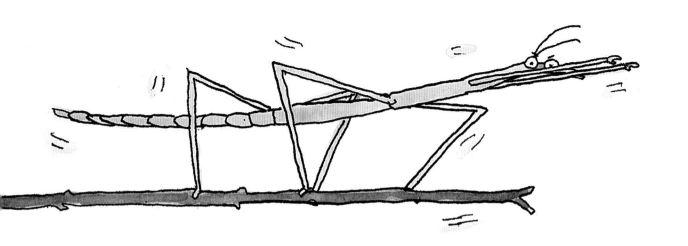

Puedo inflarme más que cualquiera.

13

Puedo trepar más alto que cualquiera.

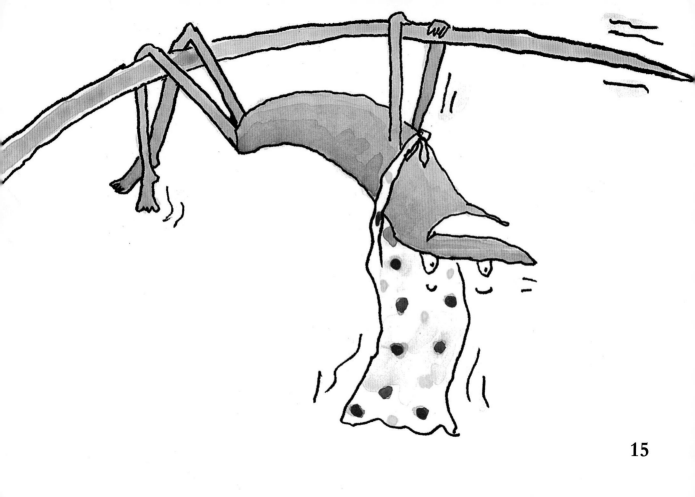

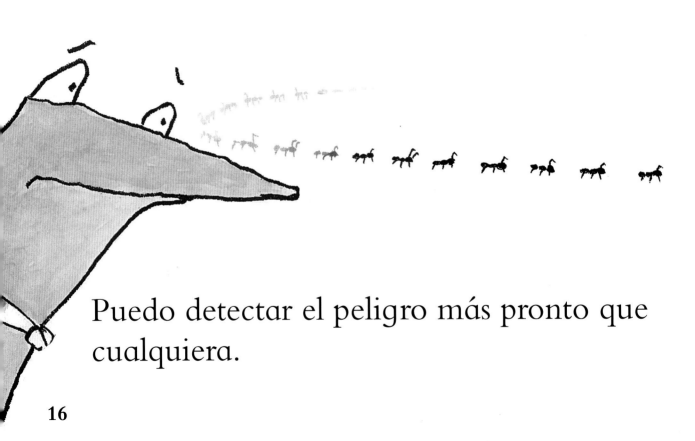

Puedo detectar el peligro más pronto que
cualquiera.

Hago más amigos que cualquiera.

Hola. Soy Frederick V. Rana.
La *V* viene de *Verde*. ¿Quién eres tú?